Leif Bongalski

Die Buisecrew

Teil 3

- Nervenkitzel um Langeoog -

Illustriert von
Gisela Stalljohann & Rieke Weyer

Für

**meine Eltern
&
meinen Bruder Lars**

Bibliografische Information der Deutschen Nationalbibliothek: Die Deutsche Nationalbibliothek verzeichnet diese Publikation in der Deutschen Nationalbibliografie; detaillierte bibliografische Daten sind im Internet über dnb.dnb.de abrufbar.

1. Auflage 2025
Alle Rechte vorbehalten
Text und Idee: Leif Bongalski
Illustrationen: Gisela Stalljohann & Rieke Weyer
Covergestaltung: Britta Bergmann
Satz und Layout: Leif Bongalski
Übersetzungen ins Plattdeutsche: Hermann Freese
Lektorat: Bärbel Bongalski und Tanja Bongalski
© 2025 Leif Bongalski
Verlag: BoD · Books on Demand GmbH, In de Tarpen 42,
22848 Norderstedt, bod@bod.de
Druck: Libri Plureos GmbH, Friedensallee 273, 22763 Hamburg

ISBN: 978-3-7693-4045-7

Die Mannschaft der Buise

Finjas Hansen

Finjas ist 19 Jahre alt und der Skipper der Mannschaft.

Er hat im letzten Jahr am Jahn-Gymnasium eines kleinen Ortes am norddeutschen Fluss Ems sein Abitur bestanden und überbrückt nun die Zeit bis zum Beginn seines Studiums mit einem Praktikum beim örtlichen Yacht- und Hafenservice. Er war der Jahrgangsbeste, begreift selbst komplizierte Sachverhalte erstaunlich schnell und beeindruckt Erwachsene immer wieder mit seinem Wissen und seiner sprachlichen Reife.

Der große, sportlich schlanke Junge hat kurze hellbraune Haare und große braune Augen. Er liebt den Sport und wenn er nicht auf Segelregatten um Pokale segelt, spielt er im örtlichen Sportverein Feld- und Hallenhockey und verbringt viel Freizeit im Fitnessstudio.

Mikkel Hansen

Finjas Bruder Mikkel ist 12 Jahre alt und besucht die 6. Klasse derselben Schule wie Finjas noch ein Jahr zuvor. In sportlichen Aktivitäten steht er seinem Bruder in nichts nach. Wie sein Bruder, frönt auch Mikkel leidenschaftlich dem Segelsport und spielt Hockey. Er ist fast zwei Köpfe kleiner als sein Bruder und nicht minder schlank. Er hat längere hellbraune Haare, die er zur rechten Seite stylt. Anders als sein großer Bruder hat er jedoch strahlend blaue Augen.

Durch seine Gabe, Menschen zu überzeugen und für sich zu gewinnen, sein Faible für ein breites Allgemein- und teilweise sogar enzyklopädisches Wissen sowie durch sein mathematisches Verständnis scheinen ihm alle Türen stets offen zu stehen.

Terry

Terry ist die stetige Begleiterin der Hansenjungs. Die gutmütige Labradordame liebt das Leben an Bord. Ihr größtes Vergnügen ist es, mit den Jugendlichen im Wasser zu schwimmen und zu spielen.

Svea Jakobsen

Svea ist 19 Jahre alt, hat gemeinsam mit Finjas die Schulbank gedrückt und ebenfalls das Abitur absolviert. Bis zum Beginn ihres Studiums engagiert sich die sportliche Leichtathletin und Leistungsschwimmerin in der örtlichen Grundschule. Hier bietet sie nachmittags Bewegungsaktivitäten an, in denen die Grundschulkinder sich austoben können. Svea ist etwas kleiner als Finjas, ebenfalls sportlich schlank und hat schulterlange, leicht wellige, blonde Haare und grüne Augen.

Svea ist so etwas wie die gute Seele der BUISECREW. Sie sorgt dafür, dass an Bord niemand verhungert und dass auf dem Schiff stets alles ordentlich ist.

Finn Jakobsen

Finn geht mit Mikkel, Finjas Bruder, in dieselbe Klasse und ist dessen bester Freund. Finn liebt Musik und spielt leidenschaftlich Schifferklavier. Er spielt mit Finn im selben Hockeyteam, allerdings nicht auf dem Feld, sondern im Tor. Abgesehen davon ist er Parkourkletterer. Von seiner sonst so zarten und schüchternen Art ist nichts zu merken, wenn er über Geländer und von Mauer zu Mauer springt. Er ist so groß wie Mikkel, jedoch etwas muskulöser gebaut. Finn hat dunkle Augen und blonde, nach vorn gekämmte Haare, die er jedoch meistens unter einer seinen vielen Caps versteckt.

An ihrem ersten Morgen im Yachthafen des SVH e.V. (*Seglerverein Harlebucht*) im niedersächsischen Nordseeheilbad Bensersiel kann sich die Mannschaft der BUISE nur schwer von ihren gemütlichen Kojen trennen. Waren sie doch erst am Tag zuvor mit ihrem gut 10 Meter langen, hölzernen Plattbodenboot namens BUISE von der ostfriesischen Insel Norderney hierher gesegelt. Diese Überfahrt, und besonders die Rettung eines Mannes und dessen Sohnes aus der kalten und lebensbedrohlichen Strömung des Dovetiefs zwischen den Inseln Juist und Norderney, stecken den jungen Seefahrern noch in den Knochen und verlangen nach einer langen, erholsamen und vor allem kräftesammelnden Nacht-, oder genau genommen Kojenruhe.

So ist es Terry, die Labradorhündin und damit das vierbeinige Crewmitglied, welche als erste an diesem warmen Sommerferienmorgen erwacht und dem 19-jährigen Finjas, ihrem Herrchen und dem Skipper der BUISECREW, unmissverständlich zu verstehen gibt, dass er mit ihr nun dringend den allmorgendlichen Spaziergang machen müsse.

Mühsam schält sich Finjas aus seiner kuscheligen Koje, zieht sich schnell seine schwarze Trainingshose, einen gelben Kapuzenpulli mit Langeoog-Aufschrift und seine gelb-weißen Sportschuhe an, fährt sich kurz mit den Fingern durch seine kurzen, hellbraunen Haare, ist mit wenigen Sätzen an Deck und steht nun, nach einem leichten Sprung über die Rehling, fest auf dem Steg.

Finjas blickt sich um und wundert sich, wo Terry denn wohl bleibt. Dann bemerkt er, dass nicht er auf sie wartet, sondern, dass die Hundedame bereits zum Ende des Steges geeilt ist und hier erwartungsvoll nach ihm Ausschau hält.

„Lauf du ruhig los, ich komme schon nach!" Mit einer Handbewegung gibt Finjas Terry zu verstehen, dass sie nicht auf ihn warten solle. Das lässt sich die Hündin nicht zweimal sagen. Sie rennt zum Stegausgang und weiter auf den kleinen Deich direkt am Yachthafen, wo sie neugierig zu schnüffeln beginnt und das tut, was Hunde eben an Bäumen und Büschen so tun.

Finjas passiert unterdessen ebenfalls das Tor zum Hafensteg, schlendert an der Kaimauer entlang und beobachtet, wie Touristen in großen Trauben auf die auf der anderen Hafenseite wartenden Fähren nach Langeoog eilen. Nur 35 Minuten benötigen die Fähren von Bensersiel nach Langeoog. „Ganz schön schnell.", denkt sich der junge Skipper. Segelnd benötigt er mit der BUISE manchmal doppelt so lange. „Dafür komme ich entspannter und klimafreundlich auf die Insel.", überlegt er weiter, grinst und sieht Terry zu, wie sie den Deich entlangeilt und jeden Strauch und jeden dort sitzenden Hasen begrüßen zu wollen scheint. Was bei diesen allerdings nur wenig Begeisterung weckt und sie sich schnellstmöglich in Sicherheit hoppeln.

Versorgt mit Brötchen vom ortsansässigen Bäckermeister am Ende des Hafenbeckens schlendern er und Terry zurück an Bord. Hier haben die anderen Crewmitglieder, sein Bruder Mikkel, dessen bester Freund Finn sowie dessen Schwester, und seit dem romantischen Abend auf Norderney nun auch Finjas feste Freundin Svea, bereits im Cockpit des Plattbodenbootes einen Tisch aufgebaut und diesen zum Frühstück passend mit Ankerservietten und Muscheln schön gedeckt.

Die Entscheidung bezüglich der Tagesplanung am ersten Tag in Bensersiel ist schnell und einvernehmlich getroffen: „Wir machen einen erholsamen Badetag am Strand, den haben wir uns redlich verdient!", schlägt Finn vor und alle stimmen prompt zu. „Aber was machen wir mit Terry?", möchte Finn wissen. „Hunde sind doch sicherlich nicht erlaubt am Strand, oder?" Da hat Finn recht und guter Rat ist teuer. Den ganzen Tag alleine auf dem Boot zu bleiben, das will niemand der BUISECREW der Labradorhündin zumuten. „Ich kann sie doch mitnehmen.", schlägt Ole vor. Ole ist ein alter Schulfreund der Hansenbrüder aus Finjas Grundschulzeit auf Juist. Ihn hatten die Vier der BUISECREW bei ihrem Inselausflug auf Juist wiedergetroffen und ihn spontan zum Mitsegeln eingeladen. „Ich möchte hier doch eh ein paar Freunde besuchen und Terry kann mich gerne begleiten."

Mit dieser Idee sind alle einverstanden und so packen die Geschwisterpaare Hansen und Jakobsen ihre Sachen für den Strandtag, während Ole sich mit Terry auf den Weg nach Esens macht.

Kurze Zeit später betreten die Vier der BUISECREW das Strandportal von Bensersiel, dem Eingang zum Strand. Vorbei am Meerwasserfreibad, am Indoorspielstrand und am großen Spielplatz mit seinem riesigen Klettergerüst und der Baggerstation, suchen sich die Jugendlichen weit vorne an der Wattkante einen schönen Platz im Sandstrand. Mikkel und Finn breiten ihre Handtücher aus und vertiefen sich sogleich in ihre jeweiligen Bücher. Svea und Finjas machen es sich derweilen auf einem gemeinsamen großen Strandlaken bequem und genießen die wohlig warme Sonne und ihre verliebte Zweisamkeit.

So verbringen die beiden Geschwisterpaare den gesamten Vormittag mit Lesen, Baden, Spielen im Meer und am Strand.

„Finjas!" brüllt Mikkel, der mit geschlossenen Augen in einer Spiel- und Lesepause bäuchlings auf seinem Handtuch in der Sonne döst, mit einem Male erbost in die entspannte Strandruhe hinein. „Lass mich doch bitte in Ruhe! Nerve von mir aus deine Freundin, dafür hast du sie doch!" Mikkel greift sich dabei ruckartig an sein rechtes Ohr, in welches er just unzart gezwickt wurde. Finn, der neben Mikkel ebenfalls mit geschlossenen Augen im Sand entspannt, schmunzelt vor sich hin: „Ihr beide müsst euch auch immer necken… Aua!" Jetzt greift auch er sich an sein Ohr. „Mensch Finjas, lass den Blödsinn und mich in Ruhe! Reicht es nicht, wenn du deinen Bruder ärgerst?" „Was wollt ihr von mir?", ruft der Beschuldigte vom anderen Strandlaken herüber. „Ich habe doch gar nix gemacht! Lasst ihr mal mich in Ruhe mit eurem Generve." Finjas schüttelt verständnislos den Kopf und bleibt mit geschlossenen Augen entspannt auf seinem Laken liegen.

Klitsch! Klatsch! Mikkel verspürt nacheinander an seinen beiden Ohren einen Schmerz, als hätte ihm jemand rechts und links eine Ohrfeige verpasst. „Aua! Spinnst du? Das tut weh und ist echt kein Spaß mehr!" Mikkel dreht sich mit einem Schwung ruckartig auf den Rücken, um einen weiteren etwaigen Angriff seines Bruders abwehren zu können. Auch Finn dreht sich zeitgleich um, weil auch er eine erneute schmerzhafte Attacke von Finjas befürchtet. Doch es ist nicht Finjas, der über dessen Bruder kniet und ihn ohrfeigt. Mikkel erschrickt, er reißt seine Augen und seinen Mund weit auf, bringt vor Schrecken jedoch keinen einzigen Laut heraus. Ganz anders hingegen Finn: „Ach du Sch...!", entfährt es ihm lauthals, doch weiter kommt er nicht, denn auch er bekommt, Klitsch, Klatsch zwei harte Ohrfeigen versetzt.

Finjas und Svea fahren erschrocken von ihren Strandlaken hoch. „Jetzt gebt doch mal Ruhe!", ruft Svea noch den beiden jüngeren Geschwistern leicht genervt herüber, doch auch sie und ihr Freund können kaum glauben, was sie dort sehen.

Eine riesige, weiße Möwe fliegt nur wenige Zentimeter über Finns Kopf, schlägt ihm dabei immer wieder mit ihren über 1,5m langen Flügeln ins Gesicht und zwickt ihn mit ihrem harten Schnabel unentwegt in die Nase. Zwei weitere, mindestens genauso große Möwen, machen sich derweilen über die Lebensmittel in den Rucksäcken der vier Jugendlichen her. Auf der gierigen Suche nach etwas Fressbarem haben sie bereits geschickt die Taschen der BUISECREW aufgerissen und zerren Stück für Stücke deren Inhalte heraus, um diese im Sandstrand zu durchstöbern.

„Hilfe!" Finn schreit aus voller Brust und schlägt abwehrend um sich. „Aua, tut doch was!" „Ich komme!" Mikkel springt auf, um seinem Freund zu helfen, wird jedoch von einer vierten aggressiven Möwe daran gehinderten und durch ihre mächtigen, gezielten Flügelschläge und Schnabelhiebe zu Fall gebracht. „Mist Viecher!", schreit Mikkel. „Das ist ja wie in einem Horrorfilm!"

Jetzt springen auch die beiden älteren Geschwister von ihren Strandtüchern auf, um ihren Brüdern zu helfen. Bewaffnet mit ihren Schaufeln versuchen sie die gefiederten Angreifer in die Flucht zu schlagen, ohne dabei aber Mikkel und Finn zu treffen.

Durch die Rufe und Schreie der Vier werden umliegende Strandgäste auf das gewaltvolle Geschehen aufmerksam. Immer mehr Menschen eilen zu den Jugendlichen, um mit Schaufeln und großen Handtüchern die angreifenden Möwen zu vertreiben. Immer wieder werden die großen Vögel von den Handtüchern und Schaufeln getroffen, lassen sich jedoch zunächst nicht von ihrer Taschenraubmission abbringen. Erst nach ewig lang erscheinenden Minuten erkennen die Möwen, dass sie gegen die vielen Menschen keine Chance haben und verziehen sich laut kreischend auf das Dach des Strandportals, von wo aus sie den Strand nach weiteren Leckereien und Opfern abzusuchen scheinen.

„Geschafft!" Mikkel liegt völlig erschöpft auf dem mit Sand und weißen Federn übersäten Strandlaken, um ihn herum liegen die Lebensmittelüberreste

aus den Rucksäcken. Auch Finn ist völlig außer Atem und reibt sich mit einem Taschentuch die weißen Hinterlassenschaften der Möwen aus dem Gesicht. „Ist das ekelig. Baaah!" Svea hilft ihrem Bruder beim Säubern und Finjas bedankt sich unterdessen bei den anderen Strandgästen für deren Unterstützung. „Das kommt davon,", versucht einer der umstehenden Väter mit mahnendem Unterton zu erklären, „dass viele

Strandgäste immer wieder die Möwen füttern. So gewöhnen sich diese an das menschliche Essen und entwickeln zudem einen Jagdinstinkt darauf." „Dabei ist das Füttern der Möwen sogar verboten!", pflichtet eine Frau

dem Mann bei und zeigt dabei auf ein ganz eindeutiges Verbotsschild, welches am Strand aufgebaut ist.

„Ich weiß nicht, wie ihr das seht, aber nach diesem Kampf habe ich für heute nun wirklich genug vom Strandbaden.“, konstatiert Finjas und hilft dabei seinem Bruder auf die Beine. „Ich möchte nur noch ganz schnell duschen und mich fern von diesen Vogelviechern ausruhen.“, stimmt dieser seinem großen Bruder mit erschöpfter Stimme zu.

So packt die BUISECREW ihre am Strand verstreuten Habseligkeiten zusammen, bedankt sich nochmals bei den umstehenden Helfern und marschiert zurück zum Boot, um dort Kraft zu tanken und die von den harten Schnäbeln verursachten Wunden zu versorgen.

Nach einem kraftspendenden Schokoladenpudding mit Sahne entspannen die vier jungen Segler an Deck der BUISE. Gewärmt von der wohligen Sonne haben sie den Schrecken über die Möwenattacke schnell überwunden.

Nach dem Mittagessen fahren die Vier mit dem Bus zum *Museum Leben am Meer*, welches in einer großen Mühle in Esens beheimatet ist, um dort mehr von der Nordsee, ihrer Entstehung, den Menschen und Tieren sowie der Insel BUISE, von der das Plattbodenboot seinen Namen hat, zu erfahren.

Doch noch bevor sie durch die alte Holztür in das Mühleninnere treten können, wird die BUISECREW unerwartet von einem älteren Mann, der es sich auf einer Bank direkt vor der Museumsmühle in der Sonne gemütlich gemacht hat, mit seemännisch rauer Stimme aufgehalten: „Wusstet ehr jung Lüüd eigentlich, dass es hier im Wattenmeer sogar mal Pottwale gab?" Die BUISECREW bleibt stehen und schaut sich ungläubig an. „Ja, da staunt ihr Landratten und glaubt mir wohl nicht.", fährt der Mann fort und lacht mit seiner dunkel kratzigen Stimme dabei kopfschüttelnd. „Wenn ihr möchtet, dann setzt euch zu mir und lasst euch von einem ehemaligen Nordseefischer die Geschichte darüber erzählen." Mit einer einladenden Handbewegung gibt der Mann den vier Jugendlichen zu verstehen, sie sollen sich zum ihm setzen.

Zunächst zögert die BUISECREW, sich zu einem fremden Mann zu setzen. „Ich weiß nicht recht,", flüstert Finn bedenklich, „das ist doch eigentlich genau das, wovor unsere Eltern uns immer gewarnt haben: nicht mit Fremden zu reden!". Doch ist das Interesse an der Walgeschichte bei allen Vieren geweckt und was sollten sie hier in der Öffentlichkeit, mitten im beschaulichen Esens, schon zu befürchten haben. So leihen sie sich kurzerhand noch zwei Klappstühle aus dem Museum aus, setzen sich zu dem Mann in die Sonne und lauschen seiner rauen und zugleich wohlklingenden Stimme.

„Schon immer berichteten die einheimischen Seeleute von unterschiedlichsten Sichtungen hier in der Nordsee und auch vereinzelt im Wattenmeer." So beginnt der Mann mit seinen Erzählungen von dem Leben als Fischer auf der

Nordsee und all den Ereignissen, die man im Wattenmeer bei gutem Wetter, aber auch bei unruhiger See erleben kann. Er berichtet, wie er selbst bei Sturm, wenn andere sich lieber in ihre Häuser verschanzten, auf die Nordsee hinausgefahren war, um das Überleben seiner Familien zu sichern. Zu Kämpfen mit und gegen die Elemente der Natur vergleicht er mit dem Herzschlag der Küstenbewohner. „Was für andere Sturm ist, ist für uns hier nur der richtige Wind, um schneller in die Fanggründe und wieder zurück in den Heimathafen zu kommen!", philosophiert er.

Mit Staunen hört die BUISECREW, was der ehemalige Kapitän eines Fischkutters alles für unliebsame Dinge schon in seinen Netzen gefunden und weit draußen auf dem Meer schon erlebt hat. „Im Dezember 2003", endet er schließlich seine Erzählungen, „werden sogar zwei riesige, tote Pottwale vor Norderney angespült. Ganze 15 Meter waren diese lang und konnten nur mit großer Mühe geborgen werden." „Was machen denn Pottwale hier im Wattenmeer?", möchte Svea wissen. „Sind die nicht eher in Grönland beheimatet und leben vor allem in tieferen, kalten Gewässern und nicht in der flachen Nordsee?" „Da hast du

in Teilen recht, lütten Deern", fährt der Mann fort und freut sich, dass seine Zuhörerin auch mitdenkt. „Pottwale können generell in allen Ozeanen vorkommen und legen dabei teils sehr weite Strecken zurück. Männchen sind dabei eher in nördlicheren, kalten Gebieten bis ins Polargebiet und die Weibchen hingegen eher in den wärmeren Gebieten bis in den Tropen anzutreffen. Die hier gestrandeten Wale scheinen vom Kurs abgekommen und dann verendet zu sein, da sie nur noch tot angespült wurden. Wenn ihr aber noch mehr über die Pottwale in der Nordsee und generell zum Tierleben im Wattenmeer erfahren wollt, dann solltet ihr das *Waloseum* in der Stadt Norden besuchen. Hier gibt es neben echten, lebenden Seehunden sogar das originale Skelett eines der beiden gestrandeten Pottwale zu sehen."
Finn ist ganz begeistert und würde am liebsten noch ewig den Geschichten des Mannes lauschen. Doch genau so plötzlich, wie dieser mit seinem Erzählen angefangen hat, so plötzlich steht er mit einem Male auf, bedankt sich für das Zuhören und schlendert unvermittelt fort.
„Merkwürdig und interessant zugleich. Ob das auch so stimmt?" Svea mag nicht alles glauben, was der Mann

erzählt hat und wiegt ihren Kopf zweifelnd von links nach rechts. „Egal.", findet Finn, während er auf seinem Handy den Wahrheitsgehalt der Geschichten zu überprüfen versucht. „Auch wenn es vielleicht an einigen Stellen etwas Seemannsgarn war, das *Waloseum* in Norden und die gestrandeten Pottwale vor Norderney, die gibt es wirklich." Dem stimmen die Freunde kopfnickend zu. „Und spannend waren die Geschichten auf jeden Fall.", bestätigt er schließlich und fragt: „Wollen wir das *Waloseum* besuchen? Ich würde gerne mal so ein echtes Pottwalskelett sehen." „Tolle Idee Finn, doch ist der Weg dorthin ohne Auto allerdings etwas zu weit. Das werden wir verschieben müssen." Finn kann Mikkels Einwand nachvollziehen: „Da hast du wohl leider Recht, Mikkel. Dann lass uns jetzt aber endlich hier ins *Museum Leben am Meer* gehen, das hatten wir doch eigentlich vor." Darauf einigen sich die Vier und betreten die Mühle.

Am Abend sitzen die Jugendlichen auf der Dachterrasse des Cafés am Yachthafen in Bensersiel und erzählen ihrem Freund Ole, der inzwischen mit Terry wieder zurückgekommen ist, was sie am Tag erlebt haben. Mit Blick auf die lange Hafenausfahrt genießen sie beim traditionellen Ostfriesentee frisch gemachte Waffeln mit Erdbeeren sowie Vanilleeis garniert mit Sahne und schauen, wie sich die große, rote Sonne langsam am Horizont vom Tag verabschiedet und in den Weiten des Meeres zu versinken scheint.

„Welche Insel liegt dahinten?", möchte Finn mitten in die abendliche Ruhe wissen und deutet dabei mit seinem linken Zeigefinger nach Norden. „Das ist Langeoog!", antwortet Svea ihrem Bruder. „Borkum, Juist, Norderney, Baltrum, Langeoog, Spiekeroog und Wangerooge. Das ist die Reihenfolge der ostfriesischen Inseln von West nach Ost.

Borkum liegt ganz im Westen, an der Mündung zur Ems. Juist und Norderney kennen wir bereits. Baltrum haben wir an der Seeseite passiert. Und genau da drüben liegt Langeoog.", ergänzt Mikkel. „Wie kannst du dir die Reihenfolge merken?", möchte Finn wissen und nickt dabei anerkennend. „Dazu hat uns unser Großvater einen Merksatz geschrieben.", antwortet Mikkel. „Bunte Jollen navigieren bei leichter Sommerbriese und Wellen! Die Anfangsbuchstaben sind jeweils identisch mit denen der Inseln." „Danke, den merke ich mir.", freut sich Finn und wiederholt den Satz mehrfach halblaut vor sich hin.

„Wenn ihr wollt,", wirft Finjas spontan ein und hält dabei stolz seine letzte, rote Erdbeere zwischen Zeigefinger und Daumen der rechten Hand in die Höhe, „können wir morgen nach Langeoog segeln und uns dort ein paar Tage lang die Insel anschauen." Alle sind schlagartig begeistert und ein wildes Brabbeln von Ideen, was man auf der Insel alles machen könnte, breitet sich aus. Lediglich Mikkel schaut sofort auf seinem Handy nach den Wetter- und Gezeitendaten, um den passenden Zeitpunkt zum Ablegen zu bestimmen. „Morgen Vormittag,", unterbricht er die

Inselplanung der anderen nach kurzem Überlegen, „wäre der passende Zeitpunkt zum Aufbrechen. Dann haben wir hier in Bensersiel Hochwasser und das ablaufende Wasser zieht uns gut mit in Richtung Insel." Alle sind einverstanden und freuen sich, am nächsten Tag wieder in See stechen zu können. Nur Ole schaut etwas traurig in die geschmolzenen Überreste in den Tiefen seines Eisbechers: „Ich werde euch dieses Mal aber leider nicht begleitet können. Ich muss wieder zurück nach Juist zu Opas Schafen und meinen Eltern im Betrieb helfen. Ein Freund meiner Eltern fährt morgen mit seinem Boot rüber und nimmt mich mit." Das ist eine herbe Enttäuschung für die BUISECREW, gehört Ole doch schon als fünftes Crewmitglied fest zur Mannschaft dazu. Aber die Freunde verstehen, dass auf den Inseln die Uhren anders ticken und dass gerade jetzt Urlaubszeit und damit Hochsaison ist und jeder Einheimische kräftig mit anfassen muss.

Sie klopfen Ole verständnisvoll auf die Schultern, trinken aus, bezahlen und machen sich sogleich kojenfertig, um am nächsten Tag ausgeschlafen und fit für die anstehende Fahrt zu sein.

Den gesamten frühen Morgen verbringt die BUISECREW damit ihr Boot für den anstehenden Segeltörn vorzubereiten. Die liebevollen Betreiber des Cafés am Yachthafen hatten sich bereits am Abend zuvor angeboten die jungen Segler zum Einkaufen und Dieselbunkern mit dem Auto zu fahren, so dass die BUISECREW nicht alle Waren den langen Weg vom Supermarkt oder von der Tankstelle zum Boot schwer tragen muss.

Endlich ist es dann so weit. Ole wird noch herzlich zum Abschied umarmt. Er klettert auf das Motorboot des Freundes seiner Eltern und ist bereits nach wenigen Minuten außer Sichtweite.

Die Schwimmwesten sind angelegt, auch Terry hat eine spezielle Hundeschwimmweste angezogen bekommen. Der

am Vortag gesetzte 'Blaue Peter', eine blauweiße Signalflagge an der Saling, die zeigt, dass ein Schiff binnen der nächsten 24 Stunden aus einem Hafen auslaufen will, wird eingeholt und die schwarz-rot-goldene deutsche Nationalflagge am Bootsheck gehisst. Finjas startet die schwere Maschine der BUISE, während Svea und Mikkel die Leinen, mit denen das Boot am Steg befestigt ist, lösen. Svea hat ihre Heckleine bereits losgemacht und ist mit einem Sprung im Cockpit gelandet, wo sie sofort die Leine sicher verstaut. „Klar bei Vorleine!", ruft Finjas nach vorne und Mikkel antwortet laut und deutlich: „Vorleine ist klar!" „Dann Vorleine los und Abfahrt! Von Luv bis Lee." Mikkel macht nun auch die letzte Leine vom Steg los und springt mit ihr an Bord. Gleichzeitig ergänzt der Rest der BUISECREW den Ruf des Skippers mit dem bekannten: „Wir stechen in See!"

Gekonnt manövriert Finjas das große Plattbodenboot zunächst vom Steg weg, dreht es in der Hafeneinfahrt und steuert unter leichtem Wummern der Maschine die BUISE gen Norden, Richtung Langeoog. Indessen verstauen die anderen alle Leinen und Fender sicher unter Deck, damit niemand über sie stolpern kann oder sie sogar ins Wasser fallen könnten.

„Das ist doch mal Urlaub!", schwärmt Svea, als sich die BUISECREW, mit der wärmenden Sonne von achtern, von hinten, im Cockpit bequem macht und allesamt genießend durchatmen.

BUISE bahnt sich gemächlich, unter gleichmäßigem Tuckern ihrer Maschine, den Weg Richtung Norden. Dabei lässt sie die kleinen, salzigen Wellen der Nordsee an ihrem Bug nach beiden Seiten nur so wegspritzen.

Am Ende der Hafeneinfahrt schaut Finjas prüfend den Mast entlang nach ganz oben. Hier verrät der Verklicker ihm, woher der Wind weht. „Die Windrichtung passt,", entscheidet er schließlich, „wir können die Segel hochziehen." „Na endlich!" „Super!" „Yipiee!" Sofort springen alle mit viel Elan auf. „Endlich haben wir wieder die Möglichkeit,", ruft Svea begeistert aus, „uns ganz ohne Maschinenkraft, nur von der Kraft der Natur fortbewegen zu können." Mit vereinten, routinierten Kräften wird die große Persenning, die Schutzhaube, vom Großsegel genommen und das mächtige, weiße Segel gleichmäßig den Mast hochgezogen.

„Hau Ruck! Hau Ruck!" rufen die beiden jungen Brüder im Chor, während sie am Großfall nach unten ziehen, damit das Großsegel nach oben wandert.

Doch mit einem Mal sind die ganze Begeisterung und Routine wie weggeblasen. „Was ist denn nun los?", ruft Mikkel plötzlich mehr zu sich und dem Boot, als zu seinen Mitseglern. „Wieso will das Segel nicht ganz nach oben? Das gibt's doch nicht!" Auf halbem Weg stockt plötzlich das Hochziehen des Großsegels abrupt, so dass es nicht vollständig bis ganz nach oben in den Masttopp gehisst werden kann und nun wild und unkontrolliert im Wind schlackert. „Seid vorsichtig!", ruft Finjas den anderen von der Steuerpinne aus bestimmend zu, während er das Boot sicher auf ruhigem Kurs zu halten versucht. „Nicht, dass ihr von den herumschlagenden Schoten und Segelkanten getroffen werdet. Holt das Segel lieber schnell wieder herunter!" Mikkel löst das Fall, mit dem er zuvor versucht hatte, das Großsegel hochzuziehen und hofft, dass dieses nun wieder den Mast herunterrutscht. Doch nichts passiert. „Das funktioniert aber auch nicht.", antwortet Mikkel ihm kopfschüttelnd. „Das Großsegel lässt sich weder weiter nach oben noch wieder nach unten führen." „Da tut sich mal gar nichts mehr.", pflichtet Finn seinem Freund bei. „So ein Klabauterdreck!", flucht Finjas von seinem Platz aus so laut, dass Terry sich vor Schreck in ihr Körbchen unter dem Essenstisch in der Kajüte verkriecht. „Fluchen bringt uns jetzt aber auch nicht weiter, oder?" Svea schüttelt den Kopf und schaut den Mast entlang nach oben. In luftiger Höhe scheint sie den Grund für das misslungene Segelhissen gefunden zu haben: „Seht mal, da oben!" Sie zeigt mit dem Finger zur Mastspritze. „Das Seil da hängt doch irgendwie schief, oder?" Mikkel verfolgt mit seinen Augen den Fingerzeig Sveas: „Du hast Recht. Das Großfall, das Seil, welches du meinst, mit dem man das Großsegel eigentlich hochziehen kann, ist ganz oben aus seiner Spur gesprungen und hat sich verklemmt." „Wie kann denn so etwas passieren?", möchte Svea wissen. Ihr Bruder schüttelt ahnungslos den Kopf: „Viel wichtiger ist doch jetzt, wie wir das reparieren können." „Dazu müssten wir da oben drankommen.", erklärt Mikkel den anderen und zieht dabei nachdenklich seine Stirn in Falten. Svea scheint hingegen sofort eine passende Lösung dafür parat zu haben: „Das ist doch kein Problem: Wir stellen einfach eine Leiter an den Mast und klettern hoch." „Leider ist das eben nicht so einfach.", unterbricht Mikkel sie. „Wieso denn nicht?", wundert sie sich. „Auch wenn das Wasser relativ ruhig zu seien scheint, schaukelt das Schiff trotzdem immer hin und her. Eine Leiter würde am Mast niemals halten und auf dem feuchten Schiffsdeck unweigerlich wegrutschen." „Da hilft nur, hoch in den Mast zu klettern und das Fall wieder zu richten." Die Drei schauen Finjas, von dem der Lösungskommentar kam, verwundert an. „Aber bevor ihr auf wilde Ideen kommt,", ergänzt er sofort, „ich klettere da auf keinen Fall den 12 Meter hohen Mast hinauf. Ich habe ja schon Panik, wenn ich auf einem Kinderklettergerüst stehe und herunterschaue, dabei wackelt das nicht mal. Den Mast scheuchen mich selbst Oles Schafe nicht hoch." Svea und Finn sind überrascht, dass der große und sonst so besonnene und mutige Finjas nun seine Höhenangst preisgibt. Das können sie zunächst kaum glauben, respektieren es aber. „Dann musst du das auch nicht." Svea klettert zu Finjas ins Cockpit, drückt fest seine Hand und gibt ihm einen kräftigen Kuss auf die Wange, um ihrem Freund ihre Unterstützung zu signalisieren.

„Und was machen wir nun?", Svea blickt die beiden Hansenbrüder fragend an, während Finjas, unter laufender Maschine und stetig flatterndem, halbhochgezogenem Großsegel, das Plattbodenboot stabilisiert. Dabei schlägt das Segel unentwegt mit seinen Lieken, den Segelkanten, wild hin und her und klatscht immer wieder mit lautem Krachen gegen Baum und Mast. Jetzt ist schnell guter Rat teuer, damit sich niemand verletzt, nichts beschädigt wird und das Boot schnell wieder voll und ganz manövrierfähig wird.

Nachdenklich steht die BUISECREW im Cockpit ihres Bootes. Die Sonne scheint, doch niemand der Besatzung kann ihre Wärme grad so richtig genießen. „Da kann nur jemand hoch,", überlegt Finjas, der noch immer damit beschäftigt ist, BUISE so in den Wind zu drehen, dass sie möglichst ruhig im Wasser liegt, laut und kratz sich dabei an der Stirn, „der richtig gut klettern kann und absolut schwindelfrei ist." Svea, Finjas und Mikkel schauen sich sofort untereinander mit großen Augen an. „Finn!", platzt es den Dreien gemeinsam heraus. „Du bist doch Parkourkletterer!", führt Mikkel weiter aus, legt dabei seine rechte Hand auf Finns linke Schulter und schaut ihm mit einer tiefen Vertrautheit, Anerkennung und Erwartung in die Augen.

Bereits als kleiner Junge ist Finn, gemeinsam mit einem größeren Nachbarsjungen, durch die Gärten der Nachbarschaft gesprungen. Dabei haben die beiden Jungen auch vor Zäunen, Gartenhäusern und Garagendächern keinen Halt gemacht. Was zunächst als Bubenstreich anfing, und nicht bei allen Nachbarn auf Gegenliebe stieß, wurde schnell für Finn zu einer Leidenschaft, so dass er sich einem örtlichen Sportverein anschloss und das professionelle, angeleitete und vor allem erlaubte Klettern und Springen erlernte und sein Können noch immer ausbaut. Sein Parkourtrainer hatte ihn auch dazu ermutigt, eine Erste-Hilfe-Ausbildung zu absolvieren, welche die BUISECREW bereits bei ihrem ersten Segelturn nach Juist zu schätzen lernte.

„Finn, du bist der einzige von uns, der kletter- und höhenerfahren ist. Meinst du, du schaffst das? Ansonsten fahren wir zurück nach Bensersiel und reparieren es dort im Hafen, das wäre auch kein Problem." „Du müsstest auch den Mast nicht frei hochklettern. Wir ziehen dich mit einem speziellen Bootsmannstuhl hinauf. Überlege es dir gut, wir zwingen dich aber zu nichts!", schließt sich Finjas der Bitte seines Bruders an.

Finn schaut den Mast hoch, denkt kurz nach und blickt schließlich mit leicht roten Wangen und einem stolzen Glitzern in den Augen Mikkel an: „Na klar mache ich das. Gar kein Problem für mich. Ich ziehe mich nur rasch um.

Holt ihr schon mal dicke Seile und diesen Bootsmannstuhl heraus."

„Was ist denn ein Bootsmannstuhl?", möchte Svea wissen. Mikkel freut sich, endlich mal wieder etwas erklären zu dürfen: „Ein Bootsmannstuhl sieht in etwa so aus, wie eine Kinderschaukel. In ihm kann man eine Person sicher den Mast hinaufziehen. Warte, ich zeige ihn dir." Mikkel greift in eine Materialkiste unter den Sitzen und zeigt Svea den beschriebenen Bootsmannstuhl.

Wenige Augenblicke später ist Finn wieder zurück an Deck, nun bekleidet mit einer langen Kletterhose, festem Schuhwerk und Handschuhen. Hier warten Mikkel und Svea bereits mit dem Bootsmannstuhl und einem langen Sicherungsseil auf ihn, während Finjas BUISES Bug genau in den zum Glück sehr schwachen Wind hält und Mikkel das Kommando gibt, den schweren Anker am Bug ins Wasser fallen zu lassen, um so das Schiff möglichst ruhig halten zu können. Ohne Mühe löst Mikkel die Halterung, mit welcher der Anker befestigt ist und lässt ihn mit einem leichten Platschen ins Wasser gleiten. Schon wenige Zentimeter unter der Wasseroberfläche ist vom Anker nichts mehr zu sehen. Er rauscht in die Tiefe und die Ankerkette rasselt hinterher. Bei 5 Metern Wassertiefe unter dem Boot lässt Mikkel 5 Meter Kette und anschließend noch 10 Meter Leine hinaus. Mit einem Ruck graben sich die Zacken des Ankers in den weichen Wattboden ein und halten BUISE sicher und fest an Ort und Stelle.

Währenddessen befestigen Finjas und Svea den Bootsmannstuhl an ein langes Fall, ein Seil, welches, wie das verklemmte Fall, bis nach oben in den Topp des Mastes führt. Ein weiteres Seil ist zur Sicherung mit einem stabilen Karabinerhaken an Finns Lifebelt befestigt. „So Finn,“, versucht Mikkel seinen besten Freund anzuspornen als er vom Ankerkasten zurück zu den anderen eilt, „jetzt musst du nur noch schnell zur Mastspitze hochklettern, das Großfall richten, wieder herunterkommen und schon fahren wir weiter!“ Dabei klopft er Finn mit seiner rechten Hand auf die Schulter und kann sich ein schelmisches Grinsen nicht verkneifen. „Ach so, ganz einfach also, sag das doch.“, scherzt Finn zurück und umgreift mit seinen Händen den Mast. Obwohl BUISE relativ ruhig im Wasser liegt, kommt es Finn beim Blick nach oben so vor, als würde das Boot wie ein Pendel mächtig hin und her schwanken. „Na dann wollen wir mal!", feuert er sich nun selber nochmal an. „Von Luv bis Lee!", ruft er aus und die anderen ergänzen lauthals im Chor: „Wir stechen in See!"

Stück für Stück ziehen Svea und Mikkel den im Bootsmannstuhl sitzenden Finn ganz langsam den Mast hinauf. Dabei stößt sich dieser immer wieder mit seinen Händen und Füßen leicht vom Mast ab und schlängelt sich an den Wanten und den Salingen vorbei. „Alles in Ordnung mein Bruderherz?", ruft Svea leicht besorgt nach oben. „Bruderherz? Ernsthaft?", Mikkel kann sich ein Schmunzeln nicht verkneifen. Solche Liebkosungen kennt er von dem Geschwisterpaar eigentlich nicht. Auch Finn scheint leicht überrascht zu sein: „Alles gut, Schwestermausi.", antwortet er kichernd. „Wenn du schön festhältst und ziehst, kann nichts passieren." Und zu sich selber murmelt er: „Hoffe ich zumindest!" Svea und Mikkel ziehen weiter und nach und nach gelangt Finn schließlich bis ganz nach oben. Hier angekommen wickelt er sein rechtes Bein und seinen linken Arm um den Mast, um so dicht an diesem sicheren Halt zu bekommen. Der laue, salzige Sommerwind weht ihm durch seine Haare, trotzdem zittert Finn vor Aufregung und Anspannung.

Ist das Schwanken der BUISE unten an Deck nur wenig zu spüren, hat Finn hier oben, mehr als 10 Meter über seinen Freunden das Gefühl, er würde auf einem Katapult nach links und rechts wiegen. Er atmet tief durch: „Alles klar soweit, bin angekommen." Fest an den Mast geklammert tastet sich der erfahrene Kletterer am Großfall entlang bis zu der Stelle, an dem sich das Tau vertüdelt hat. „Da hat sich etwas drin verknotet.", ruft er den anderen nach unten zu. „Aber das bekomme ich schon enttüdelt, wartet mal kurz!"

Mit aller Vorsicht und doch voller Kraft zieht Finn an dem Tau, um es zu lösen, ohne dabei selber jedoch die Kontrolle über seine Position am Mast zu verlieren, oder sogar in Gefahr zu geraten, dass einer seiner Finger zwischen das Seil und die Rollen am Mast gelangt und er sich so schwer verletzt. Mit wenigen Handgriffen entfernt er ein strohähnliches Geflecht, welches sich zwischen Rolle und Fall festgesetzt hatte, entwirrt letztendlich das Großfall und führt es zurück in dessen vorgesehene Spur, so dass das

Großsegel nun hoffentlich wieder ohne Probleme geführt werden kann. Geduldig warten Svea und Mikkel unten auf dem Deck der BUISE auf das O.K. des Kletterers. Doch Finn scheint sich keine große Eile zu machen, schnell wieder herabgelassen zu werden. „Wahnsinn!", ruft er begeistert nach unten. „Diese Aussicht! Einfach atemberaubend. Das müsstet ihr selber sehen und erleben." Mikkel und Svea schauen sich einander verblüfft an. „Deinem Bruder scheint es da oben ja wirklich zu gefallen.", sagt Mikkel verständnislos zu Svea. Und an Finn gerichtet: „Alles klar. Dann bleib du doch da oben und wir gehen derweilen hier unten etwas essen." „Nene, alles gut. Ich mache noch schnell ein paar Fotos, dann könnt ihr mich wieder herunterlassen." „War doch klar, dass dein Bruder beim Thema Essen nicht lange auf sich warten lässt.", scherzt Mikkel zu Svea. Wenige Minuten und etliche Fotos später landet Finn wieder sicher, heile und sichtlich erlöst auf dem Bootsdeck. Finjas applaudiert vom Cockpit aus und auch Terry, die das ganze Geschehen an der Seite des Skippers mit großem Interesse beobachtet hat, begrüßt Finn mit lautem, freudigem Bellen und wildem Schwanzwedeln.

Trotz der großen Freude und Erleichterung, dass die Reparatur so schnell zu bewerkstelligen war und Finn wieder gesund und heile zurück an Deck ist, gönnt sich die BUISECREW keine Verschnaufpause. „Alles klar machen zum Anker aufholen und Segel setzen!", ruft Finjas aus. „Von Luv bis Lee, wir stechen See!", echoen alle miteinander. „Ich kümmere mich erstmal um den Anker!", signalisiert Mikkel schnell, eilt nach vorne und betätigt eine kleine Fernbedienung. Unter leichtem Knacken und Rasseln zieht ein Motor zunächst die Ankerleine, dann die Kette und schließlich den schweren Anker zurück an Bord. Währenddessen spült Finn mit einem Wasserschlauch Dreck und Schlick von Kette und Anker ab. „Echt ekelig, was der Anker da so alles vom Meeresboden mitbringt.", kommentiert er. „Letztendlich sieht es nur ekelig aus.", gibt Mikkel zu bedenken. „Das ist nur der Wattboden!" „Stimmt schon. Sieht aber trotzdem aus wie Pup. Meerespup!" Finn grinst und auch Mikkel muss über diesen Scherz etwas schmunzeln.

Nun endlich kann die Buisecrew das Großsegel komplett den Mast hinaufziehen und die Fock, das Vorsegel, setzen. Alles funktioniert reibungslos. Die Schoten, mächtige Seile, um die Segel zu bedienen, knarzen, während der seichte Sommerwind die weißen Segel bläht. Das hölzerne Plattbodenboot wird nun wieder, nur durch die Kraft des Windes angetrieben und schiebt sich sanft und gutmütig durch das salzige Nordseewasser. Entspannt lassen sich die drei Segler in die Cockpitkissen fallen und schnaufen kräftig durch.

Kritisch schaut lediglich Mikkel und zwar auf seine Uhr: „Hmmm,", überlegt der junge Navigator der Buisecrew laut, „das Ganze hat uns doch recht viel Zeit gekostet. Ich schlage vor, dass wir auf direktem Weg nach Langeoog segeln, um dort den Abend und die Nacht zu verbringen. Jetzt noch durch das Seegatt hinaus in Richtung offene See und dann wieder hineinzufahren, wie ich es eigentlich geplant hatte, schaffen wir nicht vor Einbruch der Dunkelheit."

Mit der Aussicht auf eine warme Dusche und einem entspannten Abend auf der fünften der ostfriesischen

Inseln, sind alle mit Mikkels Vorschlag, direkt nach Langeoog zu segeln, einverstanden.

Eine knappe Stunde später passiert BUISE gemächlich, unter Motor, die mächtigen Betonwände, welche die Langeooger Hafeneinfahrt begrenzen. „Hier muss man immer aufpassen, dass die Strömung einen nicht an die Kaimauer drückt oder saugt!", erklärt der Skipper seiner Crew. Svea, Finn und Mikkel legen alle Leinen parat und setzen zum Schutz des Bootes die Fender an die passenden Stellen. Finjas dreht das Plattbodenboot im Hafenbecken, wo auch die Fähren sowie auch das Seenotrettungsboot der DGzRS anlegen, so dass er rückwärts die äußerste Stegreihe passiert. „Der Platz da sieht gut aus." Finjas deutet an der äußersten Stegreihe auf eine Lücke zwischen zwei bereits angelegten Segelbooten. Dann legt er wieder den Vorwärtsgang ein und gibt leicht Schub. Die Schraube wirbelt das dunkle Nordseewasser an BUISES Heck kurz auf, das Boot stoppt mit einem leichten Ruck und schiebt sich dann sofort wieder vorwärts in Richtung der ausgesuchten Parklücke am Steg. Die Skipper der die Parklücke eingrenzenden Segelboote scheinen den Fahrkünsten der jungen BUISESCREW allerdings nicht recht zu trauen und beobachten kritisch das Anlegemanöver. „Mikkel,“, ruft Finjas vom Cockpit aus seinem Bruder zu, „mach‘ die Spring an der Steuerbordseite klar, damit ich vorwärts eindampfen kann.“ „Spring klarmachen, verstanden!“, antwortet Mikkel und macht eine Leine an der Mitte des Plattbodenbootes fest. Finjas steuert nun BUISES Bug direkt an den Steg, wo die Skipper der anderen Boote bereitstehen, um zu helfen. Kurz vor dem Steg legt Finjas die Steuerpinne nach ganz rechts, damit BUISES Bug nach links fährt, Mikkel springt mit der Leine auf den Steg und macht sie mit einer gekonnten Handbewegung blitzschnell fest. „Leine fest!“, signalisiert er seinem Bruder. Dieser schiebt nun den Gashebel weiter nach vorne. Mikkels Leine zieht daraufhin ganz fest und BUISES Heck schiebt sich, nahezu magisch, unentwegt an den Steg heran, bis BUISE mit der ganzen Steuerbordseite längs am Steg liegt. Svea springt mit der Heckleine und Finn mit einer Leine am Bug über und belegen sie am Steg. „Leine fest!“, signalisieren sie nacheinander Finjas. „Alles klar!“, antwortet dieser und lässt die Maschine verstummen. „Respekt!“, zollt einer der Skipper Finjas seine

Anerkennung. „Fürwahr, gekonntes Anlegemanöver!", lobt ein weiterer Freizeitkapitän. Mikkel nickt dankend und mit Stolz in den Augen.

„Sag mal,", beginnt einer der umstehenden Skipper mit Blick auf den Bootsnamen an BUISES Bordwand, „seid ihr nicht die Truppe, die auf der Ems die Vögel gerettet hat?" Svea muss grinsen: „Ja genau, die sind wir!" Erneut müssen die Vier von ihrem Abenteuer auf der Ems zum Beginn der Sommerferien berichten, über welches anscheinend sogar bis hier oben in den Zeitungen zu lesen war.

„Ich habe Hunger!", meldet sich Finn irgendwann und hält dabei seinen grummelnden Bauch. Die anderen müssen lachen. „Nichts anderes habe ich von dir erwartet.", kichert Mikkel und piekst seinem Freund seicht in die Seite. „Du hast doch bekanntlich immer Hunger. Wir können ja schnell nach Juist rüberfahren und eines von Oles Schafen grillen."

„Sehr witzig, Mikkel!", erwidert Finn und rollt dabei mit seinen Augen. „Allerdings,", fährt Mikkel fort, „hast du dir diesmal dein leckeres Essen auch wirklich verdient. Kommt, wir gehen hoch auf den Deich. Dort hinten ist die Ostfriesische Teestube am Hafen. Da gibt es den leckersten

Milchreis, den ihr je gegessen habt." Mikkel zeigt auf ein mit Reet gedecktes Haus oben auf dem Deich, östlich des Hafenrestaurants. „Rosinenbrot auf Juist, Waffeln in Bensersiel, Milchreis auf Langeoog." Finn ist begeistert und leckt sich mit der Zunge über die Lippen. Terry, die Finn genau beobachtet, tut es ihrem menschlichen Freund gleich und schleckt sich mit der Zunge über ihre Schnauze. Gemeinsam eilen die beiden Hungrigen als erste den Steg entlang bis oben zum Deich und weiter zur besagten Teestube, während die restliche Mannschaft zunächst Ulla, der Hafenmeisterin des Yachthafens, einen Besuch abstattet, um bei ihr das Liegegeld zu entrichtet. „Moin Mikkel, moin Finjas, wo geit je dat?", werden sie von der Hafenmeisterin auf Plattdeutsch freudig begrüßt. „Hel dood geit us dat!", antwortet Finjas. Nach einem kurzen Schnack eilen sie dann aber auch den anderen zur Teestube nach. Hier bestellen sie sich alle jeweils eine große Portion Milchreis mit Zucker und Zimt, dazu den traditionellen Ostfriesentee mit Kluntjes und lassen es sich ganz entspannt gutgehen.

„Wenn wir uns etwas beeilen,", schlägt Finjas nach einiger Zeit vor, „schaffen wir es noch, die Inselbahn zu erreichen und können mit ihr in den Langeooger Ortskern fahren, um den Abend am Strand zu verbringen." „Was denn für eine Inselbahn?", möchte Svea wissen. „Hier auf Langeoog,", hebt Mikkel zugleich zum Erklären an, „gibt es keine Autos und somit auch keine Busse. Um vom Hafen, in dem auch die Fähren aus Bensersiel anlegen, in den ca. 2,5km entfernten Ortskern zu gelangen, muss man laufen, radeln oder eben die Bahn nehmen." Finn ist begeistert: „Klasse, ich liebe Bahnfahren." Schnell begleicht die BUISECREW ihre Rechnung, eilt zurück zu ihrem Schiff, um hier Strandlaken, Süßigkeiten und Getränke zusammenzupacken. Wenig später sitzen sie in einem der bunten Bahnwaggons und lassen sich mit leichtem Ruckeln vom Hafen in den Ortskern bringen. Vorbei an den schweren Deichtoren, die bei Sturmflut das Inselinnere vor Überflutung schützen sollen, an Feldern und dem Flugplatz mit dem benachbarten großen Abenteuerspielplatz, erreicht der Zug nach nur 7 Minuten seine Endstation, den Ortskern von Langeoog. Ab

hier schlendern die jungen Segler die Hauptstraße, welche nordwärts durch den Ort führt, entlang. Vorbei an der Statue von Lale Andersen, einer längst verstorbenen, weltberühmten, deutschen Sängerin und Schauspielerin, welche hier auf Langeoog gelebt hat und auch begraben wurde. „Was summst du da?", möchte Finjas von Finn wissen, als sie die Statue passieren. „Vor der Kaserne, vor dem großen Tor, Stand eine Laterne…", hebt Finn an, „so beginnt das Lied 'Lili Marleen', durch welches Lale Andersen ihre Berühmtheit erlangte." „Ah, deswegen steht Lale Andersen hier auch unter der Laterne,", bemerkt Mikkel. „Ganz genau, Mikkel. Jetzt hast du auch mal was von mir gelernt!", freut sich Finn, endlich mal seinen Freund belehren zu können und nicht immer nur von ihm unterrichtet zu werden.

Sie lassen die Statue sowie den weiß leuchtenden Wasserturm links liegen und schlendern den Dünenweg entlang bis zum westlich gelegenen Hundestrand. Die Ebbe hat bereits eingesetzt und so erste kleine Priele und einige lange Sandbänke, die zuvor überspült waren, wieder freigegeben. Terry rennt als erste los und auch ihre vier Menschenfreunde lassen es sich nicht nehmen, sich schnell ihrer Schuhe und Shirts zu entledigen und ebenfalls in das aufgewärmte Nordseewasser, dass noch in den Prielen von der Flut übriggeblieben ist, zu stürzen.

Hier spielen und tollen sie, bis sich das Wasser gänzlich in die Ferne verzieht und auch die Sonne beginnt, ihren Tagesdienst einzustellen.

Im gleißenden Licht von Sonne und Mond packen die Vier ihre Sachen ein und machen sich auf den langen Marsch, da sie für die Rückfahrt mit der Inselbahn bereits zu spät sind. Vorbei am Museumsrettungsboot

Langeoog, welches seit 1980 vor dem Langeooger Hallenbad aufgestellt und zu besichtigen ist, und entlang der Pferdeweiden kommen sie nach rund 45 Minuten endlich wieder an dem Yachthafen an.

An Bord angekommen setzt Mikkel sich sofort an den Navigationstisch, um die Tour für den nächsten Tag zu planen.

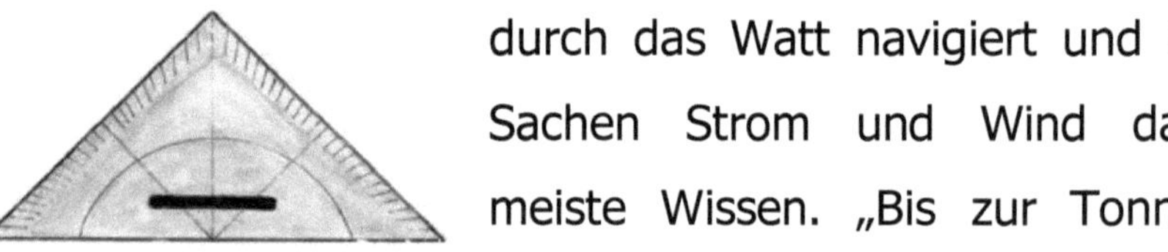

„Hochwasser ist um kurz nach 11:00 Uhr.", erklärt der junge Navigator wenig später seiner Crew. „Wir sollten folglich kurz vorher ablegen, damit uns die Strömung hinaus auf das Meer zieht." Die anderen nicken zustimmend, während sie gierig vor Hunger die von Finn geschmierten und mit Schinken, Salat und Käse belegten Butterbrote essen. Sie vertrauen Mikkel, hatte er sie doch bislang auch immer gut durch das Watt navigiert und in Sachen Strom und Wind das meiste Wissen. „Bis zur Tonne Accummer Ee sind es gute 11 Seemeilen." „Eine Seemeile sind 1,852 Kilometer. Das sind insgesamt somit

umgerechnet etwas mehr als 20 Kilometer.", ergänzt Finjas. „Ganz genau. Bei rund 5 Knoten Fahrt, also 5 Seemeilen pro Stunde, brauchen wir ungefähr 4 Stunden bis zur Tonne. Wir haben dann genügend Zeit, auf der Meerseite von Langeoog zu segeln. Um 17:34 Uhr ist Niedrigwasser, ab dann läuft das Wasser wieder zwischen die Inseln, so dass wir mit der Strömung des auflaufenden Wassers zurück nach Langeoog schippern können. Strömung und Wind passen also richtig gut!" Mikkel legt sein Navigationsbesteck, bestehend aus zwei Dreiecken, einem nautischen Zirkel, einem Bleistift und dem aktuellen Tidenkalender auf die vor ihm ausgebreitete Seekarte, lehnt sich mit verschränkten Armen zufrieden zurück und schaut seine Crew erwartungsvoll an. „Mikkel, du bist der perfekte Nautiker." Finjas klopft seinem kleinen Bruder stolz auf die Schulter. „Echt klasse, wie du das planst.", pflichtet Svea ihrem Freund anerkennend bei. Finn klatscht begeistert in die Hände: „Genau! So machen wir es."
Voller Erwartung auf einen erneuten tollen Segeltag macht sich die BUISECREW fertig für die Nacht. Finjas schnappt sich noch die Hundeleine für einen letzten Gassigang mit Terry,

während die anderen klarschiff machen und ihren Meldeversprechen, ihre Eltern anzurufen, nachkommen.

Wenig später sitzen die vier jungen Segler frisch geduscht und warm eingepackt an Deck und schauen bei seichtem Mondschein über die Reling durch die Langeooger Hafeneinfahrt hinaus aufs Wasser. Sanft wiegt sich BUISE in den Wellen und zieht vereinzelt an ihren Festmacherleinen, was ein leises, aber zugleich beruhigendes Knirschen verursacht. In der Ferne sind die Lichter des Bensersieler Campingplatzes zu erkennen. Weit, weit in der Ferne zieht über das Festland ein Gewitter vorüber und Blitze erleuchten vereinzelt den Horizont. Auf der Insel bleibt es hingegen ruhig und trocken. „Uns könnte es durchaus schlechter gehen!", flüstert Svea in die Stille hinein und legt dabei ihren Kopf auf Finjas Schultern. „Wohl wahr! Wohl wahr!", bestätigt ihr Freund und streichelt sanft ihren Nacken. Mikkel und Finn nicken zustimmend.

Nach und nach schlüpfen dann aber alle in ihre Kojen, Terry verkriecht sich in ihr Körbchen unter den Tisch im Salon und kurz darauf ist unter Deck nur noch tiefes, gleichmäßiges Atmen zu vernehmen.

Pünktlich um 8:00 Uhr am folgenden Morgen reißt Finns Wecker die vier Jugendlichen und Terry aus ihren Kojen. Nach einem ausgiebigen Frühstück läuft die BUISECREW, wie immer bekleidet mit Rettungswesten, um Punkt 10:00 Uhr aus dem Langeooger Yachthafen aus. Das Ablegemanöver hat dabei genau so reibungslos geklappt, wie am Tag zuvor das Anlegen.

Bei strahlendem Sonnenschein und leichtem, angenehmen Wind schiebt sich das Plattbodenboot, unter leichtem Tuckern der Maschine, mit gewohnt sanfter Fahrt durch die steinerne Hafeneinfahrt, dreht ihren Bug nach rechts, gen Westen und läuft somit in das Seegatt Accumer Ee, ein tiefer, befahrbarer Priel zwischen den Inseln Baltrum und Langeoog, ein. Der Strom der Nordsee ist nahezu eingeschlafen. Er läuft noch schwach für ca. eine Stunde in Richtung Festland, bis er nach dem Hochwasser dann wieder in Richtung offenes Meer läuft. Und so schiebt sich BUISE Tonne für Tonne, welche das Fahrwasser begrenzen, in Richtung offene Nordsee.

„Schaut mal,", ruft Mikkel nach einer Weile seinen Freunden zu, „auf der Backbordseite seht ihr die rot-weiße Tonne A9/B26. Hier kann man entweder nach Westen in das Baltrumer Wattfahrwasser einlaufen, oder aber, so wie wir, weiter nach Norden fahren!" „Hier im Seegatt,", ergänzt Finjas, „müssen wir wieder sehr genau aufpassen, dass wir uns an die Begrenzungen durch die Tonnen halten sowie Wind, Strömung und Tiefen genauestens beobachten, damit..." „Damit wir nicht auflaufen.", unterbricht Svea ihren Freund abrupt. „Das wissen wir doch alles schon von unserer Hinfahrt nach Bensersiel vor einigen Tagen. In den Seegatten ist immer Vorsicht walten zu lassen." Finjas muss grinsen: „Ist ja schon gut. Mikkel und ich erklären euch wohl zu viel. Haben es verstanden." „Bist halt mein Seeerklärbär." Svea lacht und gibt ihrem Freund einen dicken Kuss auf dessen Wange, der daraufhin sofort vor Verlegenheit leicht errötet.

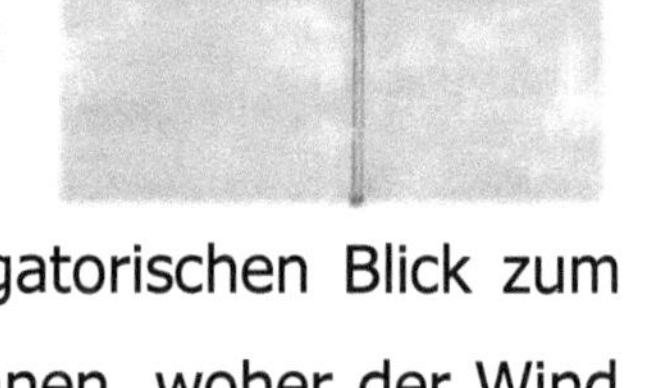

„Genug der Worte." Nach dem obligatorischen Blick zum Verklicker im Masttopp, um zu erkennen, woher der Wind weht, entscheidet sich der Skipper der BUISECREW, die Segel setzen zu lassen. „Der Wind kommt von Westen, genau richtig für uns. Hisst die Segel!"

Anders, als noch am Tag zuvor, läuft heute alles wie am Schnürchen. Mit gewohnter Routine werden die beiden Segel ausgepackt und passend zum Wind gesetzt. Dabei feuert sich die BUISECREW lauthals mit: „Von Luv bis Lee. Wir stechen in See!", kräftig an. Als der Wind nun sanft in die Segel weht und diese leicht aufbläht, lässt Finjas mit nur einem Knopfdruck die Maschine verstummen.

„Ach, ist das wieder schön!", schwärmt Svea, schaut dabei verträumt aufs Wasser hinaus und beobachtet, wie BUISES Bug leichte Wellen erzeugt, die seitlich am Bootsrumpf zur Seite ausrollen und sich im ewigen Nordseewasser verlieren.

Während die anderen sich entspannen, einfach ihren Blicken und Gedanken freien Lauf lassen, ist Finn wieder mit dem Fernglas und seiner Kamera bewaffnet und scheint nahezu alles in Bildern festhalten zu wollen. „Sag mal, Finjas,", überlegt er, „wie kann man eigentlich auf offener See steuern, wenn es keine Tonnen mehr gibt, so wie hier?

Woran orientieren sich die Kapitäne dann?" „Primär mittels des *Global Position Systems*, GPS. Das ist ein weltweites

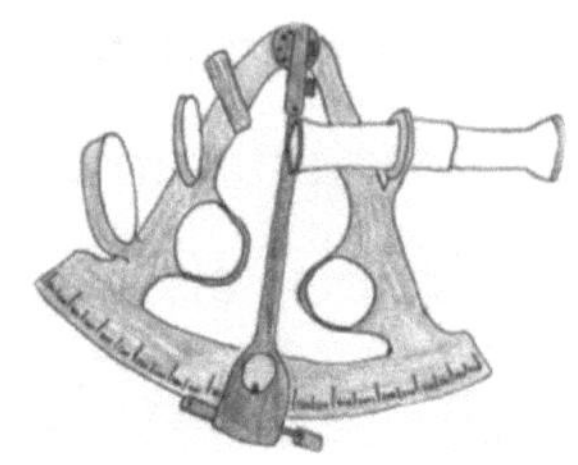

Navigationssatellitensystem. Allerdings werden auch Sextant und Kompass nach wie vor zur Orts- und Richtungsbestimmung verwendet." „Was ist denn ein Sextant?", möchte Finn genauer wissen. Nun freut sich Mikkel, wieder erklären zu dürfen: „Mit einem Sextanten misst der Seemann…" „Oder Seefrau! Es gibt nämlich auch Kapitäninnen!", unterbricht Svea ihn. „Stimmt!", führt Mikkel fort: „Auf jeden Fall wird der Winkel zwischen dem Horizont und einem Gestirn, zum Beispiel dem Mond, einem bekannten Stern oder einem Planeten gemessen. Mit Hilfe von Berechnungen und einer bestimmten Tabelle, zum Beispiel dem *Nautical Almanac*, ist es dann möglich, seine Position zu bestimmen." „Genau. Aber so ganz genau weiß ich auch nicht, wie das funktioniert.", beichtet Finjas und zuckt dabei mit den Schultern. „Aber mithilfe des Kompasses ", ergänzt er weiter, „fahren wir noch immer. Das ist auch gar nicht schwer. Versuche es doch einfach mal selber." Finjas macht einen Schritt zur Seite und gibt mit einer einladenden Handbewegung Finn zu verstehen, dass er nun die Steuerpinne übernehmen soll. Da lässt sich Finn nicht lange bitten, gibt seiner Schwester Fernglas und Fotokamera und nimmt die hölzerne Pinne in die Hand. „Wenn du jetzt hier auf den Kompass schaust, kannst du die Richtung ablesen, in welche wir fahren. Die Nadel im Kompass ist magnetisch und zeigt daher immer nach Norden." Finjas deutet mit dem Finger auf den Kompass, welcher direkt vor ihnen an der Wand zum Niedergang in die Kajüte montiert ist. Finn überlegt nur kurz und verkündet dann: „Dann fahren wir jetzt nach 324°." „Ganz genau. Das ist unser Kurs. Würden wir direkt nach Norden fahren, dann stände auf dem Kompass 000° oder auch 360°. Wenn wir nach Süden fahren 180°. So kann man seine Fahrtrichtung genau bestimmen." Mikkel ist stolz auf seinen Freund und Finn ist begeistert, das große Boot nun selber steuern zu dürfen. Nach jeder noch so kleinen Kurskorrektur verkündet Finn lauthals die nun anliegende Gradzahl im Kompass. Und jedes Mal bestätigt Finjas dies mit „Sehr gut, Steuermann!"

So vergeht mehr als eine halbe Stunde, in welcher Finn das Steuern sichtlich genießt und Finjas es sich zur Abwechslung im Cockpit bequem macht. Finn strahlt über beide Ohren und kann seine Begeisterung kaum verbergen. „Das macht ja riesen Spaß!", jubelt er, „Das ist auch gar nicht so schwer, wie ich dachte. Und trotzdem hat man Zeit, sich umzusehen. Da hinten schauen schon wieder Seehunde aus dem Wasser und schaut mal da, da ist sogar ein Delphin!", Finn deutet mit dem Finger nach schräg vorne und seine Stimme überschlägt sich nahezu vor Begeisterung und Enthusiasmus. „Ist gut Finn, ein Delphin, mitten in der Nordsee.", Mikkel schüttelt den Kopf und tippt mit dem Zeigefinger an seine Stirn, um Finn die Absurdität seiner vermeintlichen Sichtung deutlich zu machen. „Die kommen aber nur an die Oberfläche, wenn grad kein Pottwal durch das Seegatt schwimmt, das würde sonst zu eng.", frotzelt Mikkel weiter. „Haha, sehr witzig, Mikkel. Da war aber eben wirklich etwas Großes im Wasser." Finn ist überzeugt, etwas gesehen zu haben. „Wenn überhaupt, dann kann es ein Schweinswal gewesen sein, die gibt es hier tatsächlich. Aber Delphine, wie du sie aus Filmen kennst, die gibt es hier in der Deutschen Nordsee auf jeden Fall nicht.", entgegnet Finjas. „Na gut, dann eben ein Schweinswal, auf jeden Fall mächtig groß." „Aber Schweinswale sind doch nicht

groß!", wirft Svea ein. „Die sind doch maximal so 2,50m lang!" „Ne, quatsch, das war deutlich größer." Finn wird etwas missmutig darüber, dass die anderen ihm nicht glauben wollen. „Da! Schaut doch! Da vorne ist er wieder. Ein Wal, ganz sicher! Wahrscheinlich wie dieser Pottwal, von dem der Mann in Bensersiel erzählt hat. So ein Pottwal, wie der, der vor Norderney angeschwemmt wurde.", Finn ist sich sicher und zeigt auf die Stelle, wo er etwas Großes im Wasser sieht. „So ein Mumpitz!" Leicht genervt steht Mikkel auf, um sich selber ein Bild von dem zu machen, was Finn zu sehen glaubt. Er schnappt sich das Fernglas und späht in genau die Richtung, in welche Finn zeigt. „Hmmm, du hast recht, da blitzt wirklich etwas unter der

Wasseroberfläche. Finjas, schau doch mal! Was ist das?"
Nun möchte sich auch der Skipper selber überzeugen, greift
sich von seinem Bruder das Fernglas und schaut voraus ins
Wasser.

Er beugt sich nach vorne und dreht mit seinem Finger an
einem kleinen Rad am Fernglas, um so mehr Schärfe zu
bekommen. Mit einem Mal weiten sich Finjas' Augen und
die Härchen auf seinen Armen richten sich vor Erregung
auf. Was er durch die Linse erkennt, ist alles andere als ein
Tier und lässt ihm schier den Atem stocken. Instinktiv reißt
er die Steuerpinne aus Finns Händen und stößt diesen
energisch zur Seite. Die anderen Crewmitglieder schauen
ihn erschrocken an. „Das ist kein Wal oder Fisch, das ist ein
riesiger Frachtcontainer, der da durch das Seegatt dümpelt!
Holt sofort die Segel rein, damit wir besser manövrieren
können. Schnell! Und du Finn, schnapp dir das Fernglas und
halte genau Ausschau. Wir dürfen auf keinen Fall so ein
Ding rammen, das würde BUISE nicht überstehen und wir
würden unweigerlich sinken!" Finjas' deutlicher Befehl reißt
alle schlagartig aus ihren gemütlichen Gedanken. Svea und
Mikkel holen in Windeseile die Segel ein, was bei dem

derzeitigen Kurs ganz und gar nicht einfach ist und Finn stellt sich nach ganz vorne in den Bug und hält Ausschau, um rechtzeitig Finjas vor einer möglichen Kollision zu warnen.

„Da! Da! Schaut mal an der Backbordseite!", ruft Finn. Die BUISECREW beobachtet, wie die Spitze des riesigen Metallungetüms an ihrer Backbordseite vorbeitreibt, hinter ihrem Boot immer wieder in die Wellen eintaucht und kurz darauf wieder ein Stück herausragt. Svea, Finjas und Mikkel schauen dem Treiben wie erstarrt noch kurz nach und atmen dann erleichtert auf. „Das war knapp!", konsterniert Finjas und wischt sich erste Schweißperlen von der Stirn. „Gespenstisch!" Svea muss sich schütteln, um die Anspannung und Angst wenigstens ein wenig abschütteln zu können.

Doch noch bevor sie richtig ihren Puls senken kann, schreit Finn erschrocken vom Bug nach hinten: „Da vorne! Seht! Da ist noch ein Container!" Er deutet erneut mit dem Finger voraus. Nur wenige Meter vor BUISE erhebt sich eine

große, metallene Wand, als wolle sie der BUISECREW den Weg versperren. Mit einer heftigen Wasserfontäne dreht sie sich ein Stück um die eigene Achse und taucht wieder unter. Finjas reißt mit aller Kraft die Steuerpinne nach Backbord, damit BUISE nach Steuerbord steuert und legt den Gashebel nach ganz vorne. Die Maschine heult laut auf und lässt das gesamte Boot kurz erzittern, bis sich die Motorkraft auf die Antriebswelle und damit auch auf die Schiffsschraube übertragen hat. BUISE nimmt unverzüglich Fahrt auf und legt sich leicht auf die Backbordseite. Mikkel, der nur einen kurzen Moment nicht aufpasst und sich nicht ausreichend festhält, verliert den Halt, rutscht auf dem glatten Holzboden aus und landet mit einem lauten Plumps auf dem Cockpitboden. „Alles gut?", entfährt es Svea. „Hast du dir wehgetan?". „Geht schon. Habe mir den Kopf gestoßen, der tut etwas weh!" Mit Sveas Hilfe steht Mikkel unmittelbar wieder auf und hält sich an der Reling fest. „Da bekommst du sicherlich nun eine kräftige Beule, Mikkel.", Svea streicht Mikkel eine Strähne aus dem Gesicht und begutachtet dessen Stoßverletzung. „Das solltest du mit Eis kühlen!" Erneut korrigiert Finjas die Fahrtrichtung und steuert BUISES Bug wieder nach Backbord, um dem zweiten Container auszuweichen. Dieses Mal halten sich alle fest. „Das ist ja wie Slalomfahren!", ruft Finn.

Ohne lange zu überlegen, eilt Mikkel unverzüglich in die Kajüte, doch nicht, um sich, wie von Svea angeraten, Eis zu besorgen, sondern um, wie Tage zuvor, als sie im Dovetief einen Vater und dessen Sohn gerettet hatten, auf UKW-Kanal 16, dem internationalen Not- und Anrufkanal, eine Nautische Warnnachricht abzusetzen, damit andere Schiffe vor den Gefahren der treibenden Container gewarnt sind:

    Sécurité   Sécurité   Sécurité

    All Stations   All Stations   All Stations

    This is Segelboot Buise Buise Buise

    in Position: Accumer Ee auf Höhe der Tonne A7

    Mehrere treibende Container gesichtet

    Over.

Nur einen Augenblick, nachdem Mikkel seine Warnnachricht auf Englisch wiederholt hat, meldet sich die Seenotleitung in Bremen (MRCC = Maritime Rescue Coordination Centre), von der sämtliche Seenotfälle der deutschen Gebiete von Nord- und Ostsee und damit auch alle Rettungseinheiten der *DGzRS* (= *Deutsche Gesellschaft zur Rettung Schiffbrüchiger*) koordiniert werden und bestätigt den Eingang von Mikkels Funknachricht.

Zurück an Deck sieht Mikkel, wie Svea neben ihrem Bruder am Bug des Plattbodenbootes steht und beide gemeinsam nach weiteren Containern Ausschau halten. Die Angst ist ihnen beiden deutlich anzusehen. „Wie sieht es aus?", möchte Mikkel von seinem Bruder wissen. Der steht, mit wachem Blick voraus, an der Pinne und steuert BUISE weiter hinaus aufs Meer. „Da waren eben noch weitere Container, die waren aber zum Glück weit weg, so dass wir an ihnen sicher vorbeigekommen sind.", antwortet Finjas kurz und knapp. „Jetzt müssen wir überlegen, was wir als Nächstes tun."

„Lasst uns doch schnell zurück nach Langeoog fahren.",
schlägt Svea mit leicht zittriger Stimme vom Bug aus den
anderen vor. Finjas schaut zurück, den Weg entlang, den
sie just gefahren sind und sieht, wie vereinzelt
Containerecken immer wieder aus den Wellen schauen,
erneut untertauchen, nur, um kurz später, an anderer
Stelle, weiter Richtung Festland, abermals die Wasserlinie
zu durchbrechen.

Finjas blickt seinen Bruder skeptisch an: „Was meinst du,
Mikkel? Umdrehen, oder lieber das Weite in Richtung
Norden suchen?" „Eigentlich müssten wir sofort umdrehen,
um den sicheren Hafen anzulaufen.", überlegt Mikkel
zögernd. Er streicht sich nachdenklich mit Zeigefinger und
Daumen über sein Kinn und lässt dabei sorgsam und
abwägend den Blick einmal in die Runde über das Wasser
gleiten. Svea und Finn erwarten gespannt, für was die
Brüder sich entscheiden. „Andererseits,", führt Mikkel fort,
„haben wir schon einige Container passiert und die
dümpeln nun im flachen Wasser. Weiter draußen ist es

tiefer. Zudem haben wir mittlerweile ablaufendes Wasser und es besteht die Gefahr, dass wir den ganzen Containern nun ein zweites Mal begegnen, wenn sie wieder aufs Meer hinausgetrieben werden." „Das stimmt!", pflichtet Finjas seinem Bruder kopfnickend bei und ergänzt: „Ferner müssten wir dann gegen den Strom fahren und davon wird hier im Seegatt auf jeden Fall abgeraten. Der Rückweg ist somit eigentlich ohnehin keine gute Option für uns!"

Mikkel kneift angestrengt seine Augen zusammen und überlegt. Plötzlich scheint er die rettende Lösung gefunden zu haben. „Wartet mal kurz. Ich glaube, ich habe die Lösung." Mit einem energischen Sprung eilt Mikkel nach unten an seinen Kartentisch in der Kajüte. Svea und Finn blicken sich kurz überrascht an, drehen sich aber sofort wieder nach vorne, um Finjas bei der Sichtung weiterer Container alarmieren zu können, während dieser BUISE mit geringer Geschwindigkeit weiter in Richtung offene Nordsee steuert.

Nur kurze Augenblicke später kommt Mikkel mit der Seekarte unter dem Arm wieder an Deck geklettert. „Da, genau da fahren wir hin." Der junge Navigator der

BUISECREW deutet sicher und völlig überzeugt von seiner Idee mit dem Zeigefinger auf einen grünen Fleck auf der nun vor Finjas ausgebreiteten Seekarte, nord-westlich von Langeoog. „Robbenplate,", liest Finjas laut vor, während er weiterhin mit aller Vorsicht BUISE steuert und dabei seine Freunde am Bug nicht aus den Augen verliert, falls sie ihn vor einem weiteren im Wasser treibenden Container warnen sollten. „Was willst du denn mit der Robbenplate?" Der junge Skipper schaut seinen Bruder erstaunt an und schüttelt verständnislos den Kopf. „Die Robbenplate ist eine Sandbank, welche bei Ebbe ungefähr einen halben Meter aus dem Wasser herausschaut. Selbst bei Flut ist sie nur von wenig Wasser überspült. Verstehst du, was ich meine?" Finjas ist verblüfft über Mikkels Idee. „Du meinst also zu wenig Wasser für die Container, aber immer noch ausreichend Wasser, damit wir dort Schutz suchen können?" Mikkel freut sich, dass sein großer Bruder seine Idee durchschaut hat. „Ganz genau, Finjas! Mit unserem geringen Tiefgang können wir uns dort bequem Schutz suchen, die Flut abwarten und uns bei Ebbe sogar trockenfallen lassen. Die schweren Container liegen jedoch

viel tiefer im Wasser als wir und können uns so nicht mehr erreichen. Bis zur nächsten Flut, hat sich die ganze Situation sicherlich entschärft und wir können weiterfahren."

Finjas blickt wieder nach vorne. Er überlegt, wägt Alternativen und Optionen ab, schaut wieder auf die Seekarte und kommt zu dem Schluss: „Das könnte klappen. Nicht ganz ungefährlich, aber was bleibt uns schon anderes übrig? Wir machen es genau so! Gut gemacht, mein kleiner Navigator." Voller Stolz wuschelt Finjas seinem kleinen Bruder durch dessen Haare.

Unter den wachen Augen von Svea und Finn am Bug schiebt sich BUISE mit nur 2 Knoten Fahrt (knapp 4 km/h) vorsichtig durch das Seegatt Accumer Ee. Andere Schiffe sind genau so wenig zu sehen wie weitere Container. „Zum Glück!", denkt sich Finn, welcher nicht aufhört, mit dem

Fernglas das Wasser nach Hindernissen abzusuchen, bis er plötzlich etwas ganz anderes im Wasser entdeckt.

„Was ist denn das da nun schon wieder für ein merkwürdiges Ding?", möchte er von Finjas wissen und deutet dabei auf eine auf dem Wasser tanzende Boje mit zwei Spitze auf Spitze stehenden schwarzen Dreiecken. „Das ist eine Kardinalstonne.", erklärt Finjas. „Sie zeigt an, dass hier ein Hindernis unter Wasser liegt, welches wir nur westlich umfahren dürfen. An den Buchstaben „Wk" in der Seekarte kann man erkennen, dass hier ein Wrack liegt."

„Cool, ein Wrack!", denkt sich Finn und hat die Angst vor den umhertreibenden Containern fast schon vergessen. „Die Toppzeichen zeigen, auf welcher Seite man das Hindernis umfahren kann. Zwei Dreiecke mit ihren Spitzen in die Mitte bedeutet westlich umfahren, sind beide Spitzen nach unten, südlich, zeigen beide Spitzen nach oben, dann

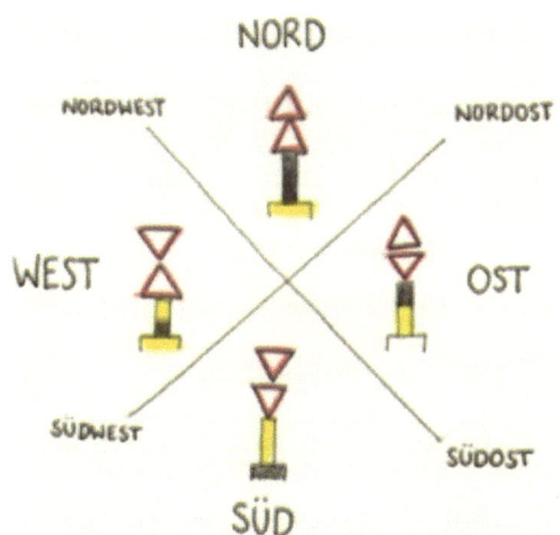

bedeutet es nördlich umfahren." „Und wenn eine Dreiecksspitze nach oben und eine nach unten zeigt,", unterbricht ihn Finn, der sich freut, mehr über Nautik zu erfahren, „dann muss das Hindernis östlich umfahren werden, richtig?" „Ganz genau so!"

Die BUISECREW lässt die Kardinalstonne an ihrer Steuerbordseite liegen und biegt kurz danach an der Tonne A6 nach Westen in Richtung Robbenplate ab. In der Ferne sieht Svea einen weiteren Container im Seegatt, nun aber in Richtung offene See treiben, während Finjas, mit stetigem Blick auf das Echolot, das Plattbodenboot direkt auf die angepeilte Sandbank steuert. Auf Kommando des Skippers fällt der Anker ins Wasser und gräbt sich in den weichen Wattboden ein. Finjas lässt die Maschine verstummen. Erschöpft vor Anspannung und Angst lässt sich die BUISECREW in die Cockpitkissen fallen und schnauft erstmal kräftig durch. Eine schwere Ruhe, geradezu erdrückende Stille legt sich über das Boot, nur leicht von den an die Bordwand klatschenden Wellen und dem Kreischen einiger Möwen durchbrochen. „Das war knapp!", entfährt es Finn mit einem erleichterten Seufzen. „Und was nun?", möchte Svea weiterwissen. „Jetzt können wir grad nur noch abwarten und geduldig sein.", Finjas versucht seine Freundin zu beruhigen und streichelt ihr sanft mit den Fingern über die Wangen. „Warten? Worauf denn warten?" Svea schaut besorgt aufs Meer hinaus, kann jedoch keine weiteren Container erkennen. „Warten, bis die Einsatzkräfte Entwarnung geben und wir dann weiterfahren können." „Da hinten sind ja auch schon welche." Finn ist der erste der BUISECREW, welcher in großer Entfernung ein Schiff der *DGzRS* erkennen kann. „Vielleicht sollten wir über Funk melden, dass wir hier in Sicherheit sind.", schlägt Mikkel vor und klettert hinunter in die Kajüte, um über Funk ihren Standort und ihre Lage durchzugeben.

Erschöpft von der Anspannung liegt die BUISECREW wenig später an Deck und lässt sich von der Sonne wärmen. Die sanft an die Bordwand klatschenden Wellen sorgen für eine leichte Entspannung bei der Mannschaft. Auch Terry, welche die ganze Zeit über unter Deck Schutz gesucht hatte, kommt nun hervorgekrochen und erinnert ihre menschlichen Freunde daran, dass es doch nun Zeit sei, etwas zu essen. Sie legt ihre feuchte Schnauze auf Finjas Knie und schaut ihr Herrchen mit großen Augen erwartungsvoll an. Der versteht die Hundedame auch ohne menschliche Worte: „Ich glaube, Terry, du hast recht. Wir sollten was essen." „Viel Anderes können wir nun eh nicht machen!", pflichtet Mikkel ihm bei. „Na endlich, Essen!" Finn springt auf und reibt sich seinen Bauch. „Ich mache uns leckere Apfelpfannkuchen.", schlägt er spontan vor. Er eilt hinunter in die Kombüse, wo er zugleich mit der Teigzubereitung startet. Mikkel trottet ihm nach, um sich mit dem Schälmesser zu bewaffnen und den Äpfeln auf die Schale zu rücken.

Bereits nach kurzer Zeit zieht ein leicht süßlicher Duft aus dem Niedergang der Kajüte hinauf ins Cockpit.

Svea und Finjas haben derweilen den Tisch im Cockpit gedeckt und Mikkel hat noch einen großen Napf mit Hundefutter für Terry bereitet.

So sitzen die fünf jungen Segler in der mittäglichen Sommersonne, mitten in der Nordsee auf der Robbenplate, einer Sandbank vor der ostfriesischen Insel Langeoog und lassen sich Finns frische Apfelpfannkuchen mit Zucker-und-Zimt und Apfelmus munden.

Das Wasser hat sich mittlerweile so stark zurückgezogen, dass BUISE flach und regungslos im Schlick liegt. Immer wieder schaut Finn mit dem Fernglas in die Ferne, doch weitere Container kann er zur Erleichterung aller nicht entdecken. „Wusstet ihr,", beginnt Mikkel unversehens, während er angestrengt auf sein Handy schaut, „dass jährlich rund 10.000 Container weltweit von Schiffen ins Meer fallen?" „Krass, so viele?" Svea kann es kaum glauben und schüttelt verständnislos ihren Kopf. „Die liegen zumeist so tief auf dem Meeresgrund, dass ein Heben nicht möglich ist.", ergänzt Mikkel weiter. „Es wäre doch besser, regionale

Produkte zu verwenden und nicht alles von weit weg geliefert zu bekommen.", schlägt Svea vor. „Das stimmt schon irgendwie,", entgegnet Finjas, „doch gibt es Produkte, die schlicht regional nicht hergestellt werden. Zum Beispiel Teile für Autos, Maschinen oder eben auch Kleidung und Handys und nicht zu vergessen, bestimmte Nahrungsmittel, an die wir uns schon so gewöhnt haben."

„Ja, das stimmt allerdings. Trotzdem doof, dass so viel in die Meere gelangt, was da nun wirklich nicht hingehört und die Tier- und Pflanzenwelt schädigt.", entrüstet sinkt Svea mit verschränkten Armen zurück in ihr Cockpitkissen. Sie alle wissen, dass die Schifffahrt der Motor ist, welcher die Weltwirtschaft in Gang hält und dass eine noch so unscheinbar wirkende Störung dieses Warenablaufes sich in sämtliche Bereiche des alltäglichen Lebens auswirken kann.

Mit dieser ermattenden Erkenntnis und mit vollen Bäuchen entspannen sich die Jungen in der Sonne. Svea hingegen klettert mit Terry an BUISES Heck hinunter auf die Sandbank. So sehr Terry auch die gemeinsame Zeit mit den Jugendlichen an Bord genießt, so froh ist sie nun, endlich wieder mehr oder weniger festen Boden unter ihren Pfoten spüren zu können. Nur zu gerne nimmt sie diese Gelegenheit wahr, sich auf der noch leicht mit Wasser bedeckten Sandbank auszutoben. Dabei macht sie sich einen Spaß daraus, den vielen kleinen, weißen Schaumbergen hinterherzujagen, mit der Nase im

Salzwasser zu wühlen und sich schließlich ganz im kühlen Nordseenass eine ersehnte Erfrischung zu holen.

Bevor die beiden wieder an Deck klettern, spült Svea noch Terrys Fell mit Frischwasser ordentlich durch. Dann lassen auch sie beide sich erschöpft und entspannt im Cockpit nieder.

Den Nachmittag über genießen die jungen Segler ihre Ruhe in der Abgeschiedenheit auf der Robbenplate. Svea und Finjas haben es sich mit Terry auf dem Vordeck gemütlich gemacht und liegen entspannt in der Sonne. Finn sucht unentwegt das Wasser nach weiteren Containern ab, kann aber zu seiner großen Beruhigung keine entdecken. Mikkel schreibt die Erlebnisse der Fahrt ins Logbuch: „53°75'N, 7°46'E.", sind die letzten Daten, die er in das Schiffstagebuch notiert. Finn schaut ihm verwundert über die Schultern. „Was sind denn das für Werte?", möchte er interessiert wissen. „Das sind unsere Koordinaten.", antwortet Mikkel. „Unsere was?" „Jeder Punkte auf der Welt

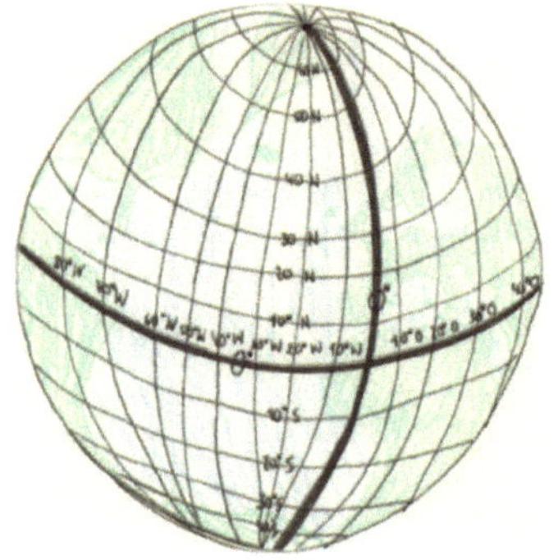

ist mit genauen Koordinaten zu bestimmen. Besonders für die Schifffahrt ist das wichtig, weil es zum Beispiel in den Weiten des Meeres ansonsten keine Anhaltspunkte gibt, um seine Position zu bestimmen. So hat man den Globus mit einem

Netz aus ganz vielen Linien, den Längen- und Breitengraden, überzogen. Und wir befinden uns jetzt bei 53 Grad und 75 Minuten Nord mit 7 Grad und 46 Minuten Ost." Finn ist wie immer begeistert, wieder etwas von seinem besten Freund gelernt zu haben.

So verrinnt der Tag, bis ein stetiges Glucksen und Gurgeln die vorherige Stille ablöst. Die Flut hat eingesetzt und das Nordseewasser bahnt sich unermüdlich seinen Weg durch die unzähligen großen und kleinen Priele, bis zunächst noch ganz kleine und zarte, mit laufender Zeit immer größer werdende Wellen BUISES Rumpf umspülen. Nahezu unbemerkt erhebt sich das schwere Holzboot von der Sandbank und fängt an, an der Ankerkette zu ziehen. Erst sanft, dann aber immer stärker. „Seht mal, wir schwimmen wieder." Mikkel ist der erste, der auf das Schaukeln aufmerksam wird. Finn schaut hoffnungsvoll von dem Fernglas auf: „Können wir dann endlich wieder in den Hafen fahren?" Auch Finjas und Svea sind von ihrem lauschig ruhigen Plätzen zurück ins Cockpit gekommen und alle schauen nun ihren Navigator erwartungsvoll an. Dieser blickt zunächst in den Himmel, dann auf seine Uhr und schließlich noch auf den Tiefmesser. Nach kurzem Überlegen und Abwägen lässt er mit hochgezogenen Augenbrauen seine Mannschaft an seiner Entscheidung teilhaben.

„In Anbetracht der Uhrzeit", beginnt er langsam, „und der Geschwindigkeit, mit der das Wasser aufläuft, müssten wir es schaffen, vor der Dunkelheit durch das Seegatt zu fahren. Bei Dunkelheit wird, wie ihr wisst, dringend von einer Passage durch ein Seegatt abgeraten." „Aber,", beginnt Svea, „wir wissen doch nicht, ob sich noch Container herumtreiben, oder?" „Das stimmt allerdings.", unterstützt Finjas sie.

„Hmmm!" Mikkel kratz sich am Kinn und zieht seine Stirn in tiefe Falten, wie er es immer macht, wenn er äußerst angestrengt nachdenkt. Die anderen halten den Atem an, um ihrem Navigator möglichst keine Ablenkung zu bieten. „Wir könnten,", beginnt dieser schließlich ganz langsam zu formulieren, „einem anderen, größeren Schiff hinterherfahren. In dessen Kielwasser wären wir dann sicher." „Das ist eine gute Idee, Mikkel. Aber hinter wem denn? Hier ist doch niemand!" Finjas schüttelt den Kopf und zieht seine Schultern nach oben. Generell findet er die Idee seines jungen Bruders nicht schlecht, doch zweifelt er an der momentanen Möglichkeit zu deren Umsetzung. „Doch Finjas." Svea scheint die Lösung gefunden zu haben. „Schaut mal dahinten, das ist doch ein Fischkutter. Der ist heute Morgen kurz vor uns hinausgefahren und bislang noch nicht wieder in den Hafen zurückgekehrt. Seitdem fährt er ständig hin und her. Wir könnten ihn doch anfunken und fragen, ob er uns hilft." „Svea, du bist genial!" Finjas ist begeistert von der Idee seiner Freundin und gibt ihr vor Begeisterung einen fetten Schmatzer auf ihre Wange. Sogleich hüpft Mikkel hinunter in die Kajüte, kontaktiert über Funk den Kutter und klettert schon wenig später mit erhobenem Daumen wieder zurück an Deck. „Alles klar. Der Kapitän des Kutters möchte nun eh mit auflaufendem Wasser nach Langeoog einlaufen. Er meinte, dass die Container wohl weg seien und wir sicher hinter ihm herfahren können." Diese Nachricht und die Hoffnung, sicher in den Hafen zu kommen, lässt in allen eine große Erleichterung aufkommen.

Eine gute Stunde nach Mikkels Funkkontakt mit dem Fischkutter, die BUISECREW hatte es sich zwischenzeitlich wieder in der Sonne bequem gemacht, ertönt plötzlich ein lautes Schiffhorn und lässt die jungen Segler erschrocken auffahren. BUISE schwimmt wieder vollständig und nur wenige Meter neben ihr schwimmt nun der angefunkte Krabbenkutter. „Moin!", ruft der Kapitän des grünfarbenen Kutters herüber. „Moin!", antwortet die BUISECREW im Chor zurück. „Wo geiht di dat?", fragt der Fischer mit rauer, aber höflicher Stimme. „Us geiht das allerbest!", antwortet Finjas. „Bannig fründlich, dat du röver kümmst, üm us to hölpen. „Ach nein," Finn schüttelt verständnislos den Kopf, „schon wieder dieses Plattdeutsch. Da verstehe ich meine eigenen Landsleute nicht." Mikkel legt seine Arme um Finn: „Ach mein armer Flachlandfreund,", versucht er zu trösten, „so schwer ist das nicht. Finjas hat sich nur bedankt, dass der Kutterkapitän zu uns herübergekommen ist, um uns zu helfen." „Joah!", antwortet dieser gelassen, „dat schickt sich doch so ünner Seelüüd. Besünners bi so junge

Segellüüd wo ji sünd." „Hartlichen Dank.", antwortet Finjas leicht verlegen. „Un joon Grootvater kenn ik ok. Wi seilt op de Buise vör en poor Johr tosamen." Dieses Mal scheint Svea alles verstanden zu haben. „Er ist wirklich mit eurem Großvater vor ein paar Jahren gemeinsam auf der BUISE gesegelt?", fragt sie Mikkel, um sicher zu gehen, dass sie das Gespräch auch richtig mitbekommen hat. „Ganz genau.", versichert Mikkel. „Na denn man tau!", ruft der Fischer der BUISECREW zu und macht eine Armbewegung, welche die jungen Segler zum Folgen auffordert. „De Floot deit nich luern för us!"

Während der Kapitän seinen Kutter in die richtige Position dreht, schaltet Finjas den Motor seines Bootes an. Mikkel kümmert sich um den Anker und Finn sorgt dafür, dass der Ankerball wieder verstaut wird.

Gemächlich nimmt das alte Plattbodenboot Fahrt auf und folgt mit leichtem Tuckern dem vorausfahrenden Kutter. „Von Luv bis Lee!", hebt Svea, freudig, dass es nun endlich wieder in den Hafen geht, an und die anderen vervollständigen ihren Spruch: „Wir stechen in See!"

So tuckern die beiden Boote in sicherem Abstand gemächlich durch das Seegatt Accumer Ee, bis sie schließlich wieder an ihrem am Vortag verlassenen Liegeplatz festgemacht haben.

Erschöpft und überglücklich, auch dieses Abenteuer heile überstanden zu haben, sitzt die BUISECREW am Abend, nach den obligatorischen Anrufen bei ihren Eltern und Eintragungen im Logbuch, im Schein einer Petroleumlampe an Deck ihres Bootes und genießt den traditionellen Ostfriesentee mit Kluntjes. „Ole hatte schon recht, so einfach entspannt segeln ist mit euch Hansenbrüdern nicht möglich. Irgendetwas passiert immer.", merkt Svea mit einem stolzen Grinsen an. „Ach Svea,", hebt Finjas an und schaut dabei seiner Freundin tief in die Augen, „nichts zu erleben, ist doch langweilig. Und wer was erleben will, der muss erstmal mit etwas anfangen!" „Stimmt!", antwortet Svea ihm. „Und was fangen wir morgen an?" Finjas steht auf und hebt heroisch seine Teetasse gen Himmel: „Beim Segeln bestimmt der Wind die Route. Also schauen wir, wohin uns morgen der Verklicker weist!". Gemeinsam rufen sie: „Von Luv bis Lee, wie stechen in See!"